John Henry Mackay

Anna Hermsdorff

Trauerspiel in drei Aufzügen

John Henry Mackay

Anna Hermsdorff
Trauerspiel in drei Aufzügen

ISBN/EAN: 9783743365537

Hergestellt in Europa, USA, Kanada, Australien, Japan

Cover: Foto ©Andreas Hilbeck / pixelio.de

Manufactured and distributed by brebook publishing software
(www.brebook.com)

John Henry Mackay

Anna Hermsdorff

Anna Hermsdorff.

Trauerspiel in drei Aufzügen

von

John Henry Mackay.

Minden i. W.
J. C. C. Bruns' Verlag.
1886.

Gedruckt bei J. C. C. Bruns in Minden i. W.

Perfonen.

Mathilde Gerner, eine Wittwe.

Anna Hermsdorff, ihrer Schwester Tochter.

Ernst, ihr Sohn, Kaſſirer
Wilhelm Held, Geſchäftsführer
Hermann Winter, Buchhalter
Drei junge Leute
} in Edler's Geſchäft.

Edler, ein Großhändler.

Das Stück ſpielt in der Gegenwart in einer großen Stadt.
Zeitraum: Zwei Tage.

1*

Erster Aufzug.

Großes Comptoir in Edler's Geschäft.
Comfortabel eingerichtet. An den beiden Seiten der Bühne Stehpulte
auf zweien brennen Lampen. Im Hintergrunde eine Thür.

———

Erster Auftritt.

Held, Winter, Gerner, drei junge Leute (im Begriffe zu gehen).

Der Eine (nach der Uhr sehend).

Schon wieder übergearbeitet! — Gehen Sie mit?

Der Andere (mit ihm im Abgehen).

Ja, gewiß! — nur schnell, daß wir fortkommen —
Guten Abend!
(Beide, mit dem Dritten sprechend, mit diesem ab.)

Held
(im Begriffe zu gehen, tritt zu Winter, der noch an seinem Pulte steht).

Herr Winter, nun gehen auch Sie nach Hause! — Wes=
halb sind Sie heute gekommen? Sie sollten sich Ruhe gönnen,
und Ihren Schmerz nicht noch durch ein gewaltsames Nieder=
zwingen vergrößern.

Winter (müde).

Ich danke Ihnen, Herr Held, — aber lassen Sie mich,
mir kann nur Arbeit helfen. Und ich gehe auch gleich.

Nur noch diesen Posten — aber falls ich morgen nicht kommen sollte, wenn Sie mich dann entschuldigen wollten —

Held.

Gewiß werde ich das, selbstverständlich — und nun Gute Nacht, Herr Winter! — Gute Nacht, Herr Gerner!

Gerner
(der bis dahin von seinem an der entgegengesetzten Seite befindlichen Pulte genau zugehört hat).

Gute Nacht, Herr Held!

(Held ab.)

Zweiter Auftritt.

Winter. Gerner (beide an ihren Pulten).

Winter
(blickt starr vor sich hin und spielt unthätig mit der Feder, in Gedanken verloren).

Gerner (tritt lauernd auf ihn zu; sehr freundlich antheilnehmend).

Winter, gehen Sie nach Hause — Sie werden krank werden!

Winter (auffahrend).

Auch Sie! — lassen Sie mich doch um Gotteswillen in Ruhe — o über diese mitleidigen Menschen! Weshalb gehen Sie denn nicht — ich habe noch zu thun.

Gerner.

Sie sind aufgeregt, Winter, und wissen nicht, was Sie sprechen. Ich bin gern bereit, Ihre Arbeit in den nächsten Tagen zu übernehmen —

Winter.

Nein, ich komme morgen. Arbeit! — Arbeit — ist das Einzige, was mir helfen kann. Und ich will arbeiten, ich will diesen Schmerz übertäuben, denn er darf mich nicht besiegen!

Gerner.

Ich könnte es nicht. Alle waren verwundert, daß Sie
in den letzten Tagen in's Geschäft gekommen sind. Man hat
es Ihnen als Gleichgültigkeit ausgelegt, als Härte . . .

Winter.

Was liegt mir daran. Mögen sie glauben, was sie
wollen. Aber wäre ich zu Hause geblieben, allein bei der
Leiche der Schwester, allein in dem öden Zimmer dort oben
— Gerner — ich wäre wahnsinnig geworden!

Gerner.

Ist morgen das Begräbniß?

Winter.

Das Begräbniß! — daran dachte ich kaum — morgen!
— (kleine Pause). — Können Sie mir Geld geben, Gerner —
für einige Tage nur?

Gerner.

Unmöglich — ich habe nichts mehr!

Winter.

Lassen Sie es, es ist einerlei. (Nachsinnend, dann plötzlich.) Ha,
es ist grauenhaft! Zu dem großen Schmerz kommen nun
auch noch diese kleinen, elenden Sorgen, und mit ihnen muß
ich ringen, weil ich nicht einmal so viel mehr besitze, um die
letzte Pflicht an der Todten erfüllen zu können — meine
wenigen Ersparnisse sind durch die Krankheit aufgezehrt (heftig)
Gerner, Sie müssen mir Geld geben, verstehen Sie mich?

Gerner (unmerklich lächelnd).

Ich kann es nicht! Ich sagte es Ihnen ja schon. —
(Pause.)

Winter (wieder ruhig).

Ich will gehen. Aber es ist gut, daß Sie noch hier
sind. Grandson & Co. zahlten heute Nachmittag an mich

persönlich 200 Mark ein. Hier sind dieselben. Ich will den Posten eintragen, legen Sie das Geld in die Kasse. —

Gerner.

Die hätten doch auch noch warten können. An die Lappalie dachte ja Niemand. —

Winter (brütet wieder vor sich hin, die Feder zum Eintragen bereit).

Gerner (für sich).

Wenn das mich noch retten könnte! — (tritt zu Winter.) Sagen Sie, Winter, übermorgen ist ja der Erste, weshalb lassen Sie sich denn keinen Vorschuß geben? Der Prinzipal ist zwar verreist, doch hat Held ja für alle Fälle Vollmacht —.

Winter.

Held! — Nein, den bitte ich nicht!

Gerner.

Aber weshalb denn nicht? Er ist doch immer die Freund= lichkeit und Zuvorkommenheit selber gegen Sie. —

Winter.

Das verstehen Sie nicht, Gerner! Lassen Sie das! — Aber weshalb gehen Sie denn nicht zu ihm? Sie sind ja in ewiger Geldverlegenheit.

Gerner.

Ja, mir — mir giebt er nichts mehr! — Ich bin zwar momentan auch in größter Verlegenheit, die mir um so drücken= der ist, als ich Ihnen so gern helfen möchte — Sie haben mir schon so oft aus der Noth geholfen —

Winter.

Ach, lassen Sie das doch!

Gerner.

Es ist eigentlich lächerlich, (zeigt auf das Geld) dies Geld hier gehört uns, es ist ein Theil unseres in diesem Monat sauer

erworbenen Gehaltes — ja, wirklich, es gehört uns, kein
Mensch könnte uns hindern, es zu nehmen —

Winter (hat nicht zugehört, sondern vor sich hin gemurmelt).

Was soll ich anfangen? Wo soll ich Geld hernehmen
— und ich muß welches haben —

Gerner.

Aber weshalb warten Sie denn nicht mit dem Eintragen
dieser Summe bis übermorgen, dann ersetzen Sie es durch
Ihren Gehalt, kein Mensch erfährt davon —

Winter (sieht ihn starr an).

Was soll das?! — das Geld gehört nicht mir!

Gerner.

Das Geld gehört doch Ihnen, es ist Ihr Verdienst!

Winter (tritt vor ihn hin).

Weshalb sagen Sie mir das, wissen Sie nicht eben so
gut, wie ich, daß es Diebstahl wäre, dieses Geld zu nehmen,
das nicht uns gehört?

Gerner.

Lieber Winter, Sie fassen das wirklich ganz falsch auf —

Winter.

Es ist schlecht von Ihnen, Gerner, mir das jetzt zu sagen,
Sie wissen, daß meine Gedanken heute nicht fest genug sind —

Gerner.

Ja, sonst würden Sie sich über eine so einfache That=
sache nicht so wundern! Was wollen Sie denn anfangen,
Sie, der noch dazu der Unentbehrlichste im ganzen Geschäft ist,
den guten Held nicht ausgenommen? — Der Prinzipal würde
Alles darum geben, ehe er Sie verlöre — und Sie sind in
einer solchen Lage, wo es Sünde wäre, die erste, beste Gele=

genheit nicht zu ergreifen! Wollen Sie Jhre Schwester denn
auf dem Armenkirchhof begraben lassen? Und mit vollem
Rechte würde der Prinzipal Jhnen zürnen, wenn er davon
wüßte, denn das ist keine Rechtlichkeit mehr, sondern über=
triebene Halsstarrigkeit —

Winter

hat sinnend dagestanden, fährt nun jäh in die Höhe, geht schnell auf sein Pult zu,
und legt einen Theil des Geldes Gerner hin, dumpf).

Ja, Sie haben Recht — in diesem Falle wäre es Sünde!
— — Da haben Sie Jhren Theil, denn das habe ich doch
gemerkt, daß Sie eben für sich sprachen.

Gerner (verlegen).

Sie irren sich. Er ist mir allerdings sehr willkommen,
dieser Zufall, aber —

Winter.

Gut! Uebermorgen zahlen Sie selbstredend die Summe
von Jhrem Gehalt wieder ein, das Andere erhalten Sie von
mir, und ich buche dann den Posten. Kann ich morgen
abkommen und ist der Prinzipal wieder hier, werde ich mit
ihm reden. — Und nun lassen Sie mich allein, Gerner —
ich — habe noch zu thun — — und noch Eins: ich warne
Sie, Gerner! Jch weiß, daß Sie spielen, daher die nie
endenden Geldverlegenheiten bei Jhnen. Das ist eine gefähr=
liche Leidenschaft, und ich rathe Jhnen, bei Zeiten abzulassen,
rathe es Jhnen um der Jhren willen, deren Stütze Sie sind.

Gerner (versucht vergebens zu antworten; geht nach vorn, für sich).

Warne Du nur! — Alles war hin, Alles — und nun
hier — hier (er läßt die Banknoten durch die Finger gleiten) zwanzig —
vierzig — fünfzig — siebzig — achtzig Mark! nun kann ich's
noch einmal wagen, sei mir nur dieses Mal hold, du falsches
Glück! Das soll ein Spiel werden heute Abend — (Düster.)
Und wenn nun auch das mißlingt? — Nun, dann bin ich,

wo ich heute war, dann geht es fort! — (Mit einem Blick auf Winter.) Sprach er nicht schon wieder von Anna? — Glaubst Du, ich wüßte nicht, daß Du sie liebst? Aber sie wollte mich ja hier abholen! Hierauf zu warten, habe ich jetzt freilich keine Zeit — nun, dann treffen sie hier zusammen, vielleicht stifte ich so unbewußt auch einmal etwas Gutes! Ha, ha — nur zu! (Zu Winter.) Gute Nacht, Winter!

Gute Nacht!

Winter (fährt auf).

(Gerner schnell ab.)

Dritter Auftritt.

Winter (allein).

Ist er fort? — Endlich allein! Ich bin wie wahnsinnig — vor meinen Augen flimmert Alles — was that ich denn eben?! — Nahm ich denn Geld — Geld, das nicht mein war? That ich das?! — Aber das war ja Diebst— nein, noch nicht, noch kann es rückgängig gemacht werden, ich will es eintragen, selbst in die Kasse legen — ah, er ist fort, und hat den einen Theil mitgenommen! Aber morgen, so bald, wie irgend möglich, — ich verschaffe mir das Geld und dann ist wieder Alles in Ordnung. — Aber nun Ruhe, ich habe sie nöthig, nach Hause! — Nein, nicht nach Hause, ich kann nicht dahin, nicht in die einsame Stube, zu der Leiche — nein, ich kann es nicht! Wie schwach ich bin! — Und Alle sagten mir, ich sei stark, weil ich nicht geweint habe, wie die An=beren, sondern — gearbeitet! — — Wie leer erscheint mir, was vor mir liegt! Mein Leben hat seinen Inhalt verloren. Nur hier noch immer die Sehnsucht, die immer und immer nach Erhörung schreit, und die ich niederzwingen mußte, weil ich nicht auf sie hören durfte, denn was die Arbeit des Tages

mir gab, ging hin für die Schwester und mich — und jetzt,
jetzt ist es zu spät! Jetzt wird sie sein — des Mannes mit
der kalten Stirn und dem ruhigen Herzen! Denn was weiß
auch dieser Held von Leidenschaft — und ich, ich muß dastehen
und darf es nicht hindern, und mir bleibt nichts, — nichts,
als hier im Innern die irre Sehnsucht und das verzehrende
Weh, und ich soll es weiterschleppen ein ganzes, langes Leben
hindurch! Und wie ich sie liebe — sonst könnte nicht mein
ganzes Sinnen hinausfliegen über die Leiche zu ihr — und
sich nicht klammern an das Gedenken der wenigen, kurzen
Stunden, in denen ich sie sehen durfte aus der Ferne! —
Aber wenn ich nun nicht entsagen will! Sie nun an mich
reiße, anstatt hier zu stehen und schwächlich zu klagen! —
Du Thor! Auch gegen ihren Willen, der sie treibt — in
die Arme eines Andern? — Nein, Du wirst weitergehn und
weiter arbeiten in dem alten, breitgetretenen Gleise, einen Tag
um den andern, und mit Dir wirst Du die Kette schleppen,
die Dein Streben hindern wird -- ja, so wird es werden!
Aber der Zweck — der Zweck? . . .

Vierter Auftritt.

Winter. Dann Anna Hermsdorff.

(Es klopft leise.)

Winter (auffahrend).

Wer ist da?

Anna (tritt unsicher durch die Hinterthür ein).

Winter
(erblickt sie, fährt zurück, tritt dann einen Schritt zu ihr hin und schreit auf).

Anna!!

Anna (tritt erschreckt und verwundert zurück).

Was war das?

Winter (sucht sich zu fassen).

Verzeihen Sie — verzeihen Sie, bitte, ich versprach mich — Fräulein Hermsdorff, Sie sind —

Anna (verwirrt).

Ich weiß nicht — Sie kennen mich? — Es kommt mir so unerwartet —

Winter.

Verzeihen Sie, — Sie erinnerten mich — ich sah Sie einige Male mit Ihrem Bruder, er ist ein guter Bekannter von mir, wir arbeiten hier zusammen, schon lange —

Anna.

So sind Sie vielleicht Herr Hermann Winter? — Ja, Ihr Name ist mir nicht fremd. Ich kam hierher, weil ich meinen Bruder abholen wollte, wir hatten uns verabredet, und er wollte hier auf mich warten. Doch scheint er es vergessen zu haben — er ist schon fortgegangen?

Winter.

Ja, er ging soeben und er sagte mir nichts davon —

Anna.

So verzeihen Sie meine Störung, ich will wieder gehen —

Winter (leidenschaftlich).

O bleiben Sie noch, nur noch einen Augenblick! —

Anna (für sich).

Wie seltsam er ist, und doch, wie zwingend der Klang seiner Stimme! (Lauter.) Herr Winter, ich weiß nicht —
(wendet sich langsam zum Gehen).

Winter.

So gönnen Sie mir nur noch ein Wort ——

Anna.

Aber ich verstehe Sie nicht — oder wollen Sie mir
erklären — Ihren Ausruf vorhin?

Winter.

Und wenn ich es Ihnen nun sage, werden Sie mir nicht
zürnen?

Anna (ruhig).

Wie sollte ich Ihnen zürnen, ich kenne Sie ja kaum.
Was haben Sie mir zu erklären? So reden Sie, Herr
Winter! — (Für sich.) Mir ist so bang, ich möchte fliehen vor
ihm, und doch bannt es mich unwiderstehlich —

Winter (steht leidenschaftlich erregt vor ihr).

Ein seltener Zufall ist es, der uns heute Abend hier
zusammenführt, ein Zufall, den ich — seit Jahren schon —
heiß ersehne — und nun, nun finde ich nicht das Wort —
nein, ich darf es Ihnen nicht sagen!

Anna.

Sie dürfen es mir nicht sagen? — nun, dann sagen
Sie es mir nicht. Aber dann lassen Sie mich gehen —
(wendet sich zögernd zur Thür).

Winter (höflich und sehr schnell).

Nein, bleiben Sie! Wozu das Zaudern, und weshalb
sollten Sie es nicht wissen, weshalb sollte ich es Ihnen nicht
sagen dürfen! — Eben, vor wenigen Minuten noch, bevor
Sie kamen, stand ich hier und dachte an Sie — und als Sie
da hereintraten, so gänzlich unerwartet, da entfuhr mir der
Ausruf, der Ihnen gesagt haben muß, was ich Ihnen jetzt
sage, — Anna, daß ich Sie liebe, grenzenlos liebe! — —

Anna.

Herr Winter!! — Mein Gott! Lassen Sie mich! Nein,
es ist nicht Recht von Ihnen, mir das — zu sagen!

Winter (bitter).

Ja, ich wußte es! Nun zürnen Sie mir, nun habe ich mir gleich im Anfang verscherzt, was ich mir langsam mit der Zeit hätte erwerben können — Ihre freundschaftliche Zuneigung! Wie jeder Andere hätte ich das Recht dazu gehabt, aber nein — ich bin nicht der Mann dazu und bin nicht zufrieden mit einem — Almosen! — Ich will Ihre Liebe — Ihre ganze Liebe, — oder — ich will Nichts!

Anna.

Und wenn ich nun auch Sie frage, Herr Winter: Wer so stolz und herrisch heischt, muß auch Viel zu geben haben — nun, was haben Sie zu bieten für das, was Sie verlangen?

Winter.

Mich — und meine Liebe! — — Aber wozu denn jetzt noch alles das! Ja, Sie hatten Recht, es war nicht recht von mir, mein Inneres vor Ihnen zu enthüllen. Es war zwecklos obendrein. Nun, ich bin unterlegen im Kampf mit dem begünstigten Nebenbuhler, — aber nun zürnen Sie mir nicht mehr, gehen Sie nicht grollend von mir, bedenken Sie: er ist so reich, und ich — habe Alles verloren, auch die letzte Hoffnung! —

Anna (erstaunt).

Was meinen Sie nun damit wieder? Ich verstehe Sie nicht.

Winter.

Sie fragen noch? Oder ist es etwa nicht wahr, daß Held —

Anna.

Held?! — Und Sie glauben wirklich — Nein, Held ist ein langjähriger Freund unseres Hauses, den ich verehre und schätze, den ich — (leise) aber nicht — liebe! (Pause.)

Winter.

Das — hatte ich nicht gewußt.

Anna (heftig).

Aber Sie scheuten sich doch nicht, mir davon zu sprechen!
— O, ich kenne mich selbst nicht mehr! Wo ist alle meine
Ruhe und meine Sicherheit und mein Stolz — so, so sprach,
— so wagte noch Niemand zu mir zu sprechen! Und ich
stehe hier und antworte Ihnen, wo ich schweigen müßte, —
und stehe immer noch hier, gegen meinen Willen — und kann
nicht fort . . . ich weiß nicht, was das ist, das mich so zu
zwingen versteht — lassen Sie mich, lassen Sie mich!

Winter (stürmisch).

Nein, ich lasse Dich nicht! Ich will Dir sagen, was es
ist, das Dich zwingt! Und so hat mich die Stimme meines
Innern doch nicht betrogen, die mir immer wieder sagte: Wir
gehören zusammen — Du und ich — und ich und Du —
und das bricht nun die Schranken zwischen uns zusammen
in einem kurzen Augenblick! Und nun halte ich es fest im
tiefsten Innern, wie ich Dich halte! Was Du eben auch an
Dir erfahren, war eine Macht, stärker, als all' Dein Wille —
(er ist vor sie hingetreten und sieht sie an).

Anna (ebenso stürmisch, Anfangs noch widerstrebend).

Ja, es war eine Macht — und ich muß mich ihr beugen,
wenngleich mein Stolz es nicht will! Doch nun: wenn ich
mich denn hingebe, ich Dir Alles schenke, was ich besitze, meine
Liebe und mein Vertrauen, sprich, bist Du dann auch stark
genug, es fest zu halten, was Du so leicht gewannst?

Winter.

Nicht stark genug, um mein Glück zu halten, Geliebte?

Anna.

So nimm mich denn hin, wie ich bin! Ob sich auch der
letzte Rest meines Stolzes noch dagegen sträuben mag, es hilft
mir nichts. Mein ganzes Wesen fühle ich es durchbeben, daß

Du mich bezwungen haſt — ja, ja — ich bin Dein! — Aber frage mich Keiner, was das iſt — dieſe ſeltſame, uner= klärliche Macht, die mich ſo ſtürmiſch bändigte. Ich weiß und fühle nur das Eine: Dieſe Stunde war meines Lebens Wende, entweder hat ſie mir ein unendliches Glück gebracht, faſt zu groß für meine Bruſt, oder ein unendliches Leid, unter dem ich vergehen werde —

Winter.

Nein, kein Leid, Anna — ich halte Dich von heute an in meinen Armen, und ſie werden von Dir fernhalten, was ſich Dir in Böſem nahen will — und halte ich Dich nicht feſt, Geliebte? (Er umarmt ſie, ſie küſſen ſich lange und heiß.)

Anna.

Ja, Deine Arme ſind ſtark, und ich vertraue ihnen ohne Bangen. (Sie ſehen ſich ſelig an, dann macht ſie ſich los.) Aber nun ſage mir, wie lange kennſt Du mich ſchon? Und weshalb kamſt Du nicht früher zu mir?

Winter.

Wann ich zuerſt Dich ſah? Ich weiß es noch, als wäre es geſtern geweſen! In Deiner Mutter und Deines Bruders Begleitung war es, auf der Straße — und dann ſah ich Dich öfter, bald hier, bald dort, aber immer nur aus der Ferne und faſt immer war Held bei Euch.

Anna.

Ja, er iſt ein alter Freund unſeres Hauſes. Doch wes= halb kamſt Du nicht zu uns?

Winter.

Weil ich nicht durfte! Und dann, was hätte es genützt: ich hätte Dich nicht heimführen können, weil ich für Andere zu ſorgen hatte, da blieb nichts übrig zur Gründung des eigenen Glücks. Bis vor wenigen Tagen hatte ich eine kranke Schwester, sie ist nun gestorben, — sieh, so fällt gleich im Beginn auf unser junges Glück schon ein trüber Schatten!

Anna.

Tragen wir nicht von heute an alles Leid und alles Schwere gemeinsam? Lade die Hälfte Deines Schmerzes auf meine Schultern, Hermann, ich gehöre nicht zu den schwäch= lichen Weibern, die nur immer von dem Manne hören wollen, daß sie geliebt werden —

Winter (küßt sie schweigend).

Anna.

Du mußt mir von ihr erzählen. Du hast sie sehr geliebt, nicht wahr?

Winter.

Ja, Anna, ich habe sie sehr geliebt, und diese letzten Tage waren trübe und leer, ich wußte nicht, was noch beginnen, nicht, wozu noch leben — für mich allein? ich hätte es kaum gekonnt. Und eben, als ich zu versinken drohte in der Nacht, da tratest Du herein, mein Licht, mein Alles, — und nun, nun halte ich Dich, und ich habe mich wiedergefunden in Dir, und doch vermag ich Dir den Schmerz nicht fern zu halten, der zu mächtig auf mir lastet, als daß ich ihn so schnell schon abschütteln könnte! —

Anna.

Du mußt mich an Allem Theil nehmen lassen — o, wir haben uns ja noch so viel zu sagen, so viel! — Du kommst morgen, so bald Du kannst! — ich vergesse mich und Alles hier, — es ist zu viel gewesen für diese kurze Stunde — (wirft sich an seine Brust) — aber morgen, morgen — komm, nur bald! nicht wahr? (fährt auf und reißt sich los). Da kommt Jemand! Wer ist das? --

Fünfter Auftritt.

Vorige. Held tritt herein.

Held (im dunklen Hintergrunde, im Vorgehen).

Ich gehe hier vorüber und sehe noch Licht, wer ist denn da noch so fleißig? (Erblickt Winter und Anna.) Anna, Sie sind hier? — Und Sie auch noch, Herr Winter? —

Anna (rasch).

Ich wollte Ernst abholen, wir hatten uns verabredet, aber er ist fortgegangen, ohne auf mich zu warten. Doch nun muß ich nach Hause, lieber Freund, wollen Sie mich begleiten. Gute Nacht, Herr — Winter! (Sie reicht ihm die Hand.)

Winter (leise, indem er ihre Hand drückt).

Schlaf wohl, Geliebte, ich komme morgen!

Anna (ebenso leise).

Morgen!

Winter (laut).

Gute Nacht! (Schnell ab.)

Sechster Auftritt.

Vorige, ohne Winter.

Held (verwundert).

Sie kennen Winter?

Anna.

Ich lernte ihn heute Abend erst kennen — und doch schon! O mein lieber, guter Freund, hören Sie mich an, ich muß Jemand haben, dem ich Alles, Alles sagen kann, sonst zerspringt mir das Herz, so voll ist es! . . . Sie waren mir Vater und Freund von Jugend an, und wie ich als kleines Mädchen immer zu Ihnen gekommen bin, um Ihnen meine

2*

kleinen Freuden und Leiden zu berichten, die meine Mutter nicht verstand, so sollen Sie auch jetzt der Erste sein, der von meines Lebens erstem, großem Glück hört und sollen sich mit mir freuen! — Aber ob Sie verstehen werden, was mir selbst noch ein dämmerndes Räthsel ist? — Der Mann, der da eben fortging, hat mein Herz mit sich genommen, wie im Fluge — es kam über mich, wie im Sturm, und ich hatte nicht die Kraft mehr, es fest zu halten. — Und, mein lieber Freund, ich fühle: er hatte ein Recht darauf, es zu nehmen, — und ich gab ihm, ich mußte ihm geben, was er so stürmisch ver= langte!

Held (schwer).

Ah!

Anna.

Sagen Sie mir, haben Sie jemals geliebt? Ist es denn möglich, daß Liebe so schnell, so schnell kommen kann?

Held (tonlos).

Nein, Anna, das weiß ich nicht!

Anna.

Ja, und denken Sie nur, das fällt mir eben ein: er glaubte, Sie liebten mich! Was sagen Sie dazu? Was doch die Leute nicht Alles schwatzen, aber weil Sie Tag für Tag bei uns sind, so stellen sie gleich weise Muthmaßungen an —

Held (mühsam).

Und wenn die weisen Leute diesmal nun doch Recht gehabt hätten, Anna? Wenn es nun doch eine Liebe giebt, die nicht stürmisch und egoistisch verlangt, sondern still und wortlos bittet und nur leise zu hoffen wagt? . . .

Anna.

Was sagen Sie da?! Ist das Ihr Ernst?! — Will denn heute Alles zusammen kommen, um mich wahnsinnig zu machen? — Nein, das kann ja nicht sein! Weshalb quälen Sie mich, — nein, lassen Sie mich, mir schwindelt vor den Augen, nach Hause! Ich muß allein sein, ganz allein!

Held.

Jetzt habe ich Sie gequält, Anna — aber was kann Ihnen denn an mir liegen, vergessen Sie doch, was ich Ihnen eben gesagt habe, (bitter) lachen Sie doch in Ihrem Glück über den alten Mann, der noch so thöricht ist, wie ein Kind — lachen Sie doch, weshalb sich darüber quälen!

Anna.

Lassen Sie mich, ich kann Ihnen nicht antworten, und ich will Ihnen nicht antworten, es ist mir nicht möglich (geht langsam zur Thür), bitte, begleiten Sie mich nach Hause, aber haben Sie Mitleid mit mir, sprechen Sie mir nicht mehr davon, ich kann es nicht ertragen!

Held (im Abgehen).

Ja, ich will nicht mehr reden, ich will schweigen, — ich will sogar wünschen, daß Ihnen zum Glück und zum Segen werden möge, was so begonnen hat! Vergeben Sie mir, Anna, daß ich so thöricht war, so anmaßend —

Anna.

Mein armer Freund! (Beide ab.)

(Der Vorhang fällt schnell.)

Ende des ersten Aufzuges.

Zweiter Aufzug.

Wohnzimmer in Mathilde Gerner's Wohnung.

———

Erster Auftritt.

Ernst Gerner

(geht auf und ab, wirft sich dann auf einen Stuhl, um sogleich wieder aufzuspringen und ruhlos umher zu gehen).

Was war das für eine Nacht! Alles, Alles hin! — —
(Tritt an's Fenster und blickt hinaus.) Was grinst du mich so an, fahler,
nüchterner Morgen mit deinem matten, falschen Lichte! Zeig'
mir lieber einen Ausweg! Was soll ich thun, um nicht unter=
zusinken? Ein Strohhalm würde mich retten, aber Keiner
reicht ihn mir! — (Bleibt stehen; dumpf.) Welch' eine Nacht war
das! In frohem Muth auf Gelingen ging ich hin, ich hatte
Geld und die Möglichkeit, alles Verlorene wiederzugewinnen
— und das Glück war mir günstig, wir spielten und spielten,
und das Geld thürmte sich vor mir auf — aber da schlug
es um! Hätte ich doch da aufgehört! Aber ich spielte weiter
und weiter: verlor einen Theil, wollte ihn wieder gewinnen,
verlor mehr — und noch mehr — und wir spielten und
spielten, und mich ergriff die alte, wilde Verzweiflung, sie
machte mein Auge trübe und meine Hand beben — und nun
ist Alles, Alles hin, meine Schulden die alten und neue
dazu, dann die Summe von gestern Abend, — die heute in

die Kaſſe zurück muß! Was ſoll ich thun? Ich habe keinen
Ausweg, nicht den kleinſten, den kleinſten — — (hat ſich wieder
auf den Stuhl geworfen und ſtützt den Kopf in die Hände). — Verzweifelte
Lage! — Ah was, nur nicht den Kopf verlieren, ſo lange
er noch feſt ſitzt! Wie war's doch, was einmal Jemand zu
mir ſagte: „So einem Kerl, wie Ihnen, kann's garnicht ſchlecht
auf der Welt gehen! Sie ſind viel zu ſchlau dazu, behalten
Sie nur den Kopf oben, dann muß es Ihnen gut gehen!"
— Haha, alſo nur Muth! Ja, weshalb bleibe ich denn
eigentlich noch hier, weshalb gehe ich denn nicht auf und davon
und laſſe Alles ſtehen und liegen? — Aber ich kann ja nicht
fort — doch mein Gehalt! Wenn ich den ſchon heute Abend
erlangen könnte, bis dahin muß die Geſchichte mit Winter
noch verdeckt bleiben; dann muß die Mutter helfen — aber
ob ſie noch etwas hat? — Bah, für mich immer! . . . Und
dann fort! Ueber alle Berge — je eher, je lieber. Die An=
deren können ſehen, wie ſie fertig werden! — Wieder einmal
den Kopf aus der Schlinge gezogen! Aber es war auch die
höchſte Zeit! —

Zweiter Auftritt.
Der Vorige. Mathilde Gerner kommt.

Gerner (für ſich).

Ah, die Mutter! (Laut.) Guten Morgen, Mutter! (Geht
ihr entgegen.)

Mathilde (tritt vor ihm zurück).

Wie ſiehſt Du aus, Ernſt! Wo biſt Du dieſe Nacht
geweſen? Ich weiß, Du warſt nicht zu Hauſe!

Gerner.

Ich war allerdings nicht zu Hauſe.

Mathilde.

Und Du hast die Stirn, mir das in diesem Ton zu sagen?

Gerner.

Wozu schon wieder die Vorwürfe! Was ist dabei, und wenn ich zehnmal nicht zu Hause gewesen wäre!

Mathilde.

Du findest das natürlich! Wer gab Dir das, solch' verworrenes Wesen, das nicht mehr im Stande ist zu fühlen, wie ungebührlich Dein Handeln ist? Dein Vater nicht. Weißt Du, was der gethan haben würde, wenn Du es gewagt hättest, ihm so gegenüber zu treten? Seine eiserne Hand und sein strenger Sinn hätten Deinen Willen gebrochen, wenn er sich nicht gebeugt hätte. Aber mein größter Fehler war, daß ich Dir von je zu viel Liebe und Nachsicht gezeigt habe — das hat Dich verwöhnt! Du hast als selbstverständlich hingenommen, was Dein Herz nie im Stande war, zu erwiedern. Aber das muß ein Ende nehmen!

Gerner (unterdrückt).

Ja, das muß ein Ende nehmen! Und das Beste ist, ich gehe fort!

Mathilde (schrickt zusammen).

Ernst!

Gerner (trotzig).

Aber zuvor muß ich Dir noch ein Bekenntniß ablegen. Ich bedarf noch einmal Deiner Hülfe.

Mathilde.

Sprich! (Sie setzt sich.) Was wird nun schon wieder zu Tage kommen?

Gerner (steht abgewandt, spricht stockend, aber schnell.)

Ich ließ mich leider gestern Abend durch den Buchhalter Winter verleiten, eine der Firma gezahlte Summe, statt die=

selbe in die Kasse zu legen, zum Theil ihm zu überlassen. Er war in großer Verlegenheit, seine Schwester war gestorben und er hatte nichts, um die Kosten des Begräbnisses zu bezahlen. Nun muß ich heute für das Geld haften — ich hoffte mit dem anderen Theile so viel wieder zu gewinnen, um heute das Ganze ersetzen zu können, doch ich habe das Geld verloren —

Mathilde (will sich erheben, sinkt aber zurück, mit erstickter Stimme).

Das ist — das — Ende! — — (Lauter.) Das Geld ver= loren? Wo verloren?

Gerner (zögernd).

Im — Spiel.

Mathilde.

Im Spiel! — (Plötzlich aufstehend mit wiedererlangter Festigkeit, schnell.) Wie hoch ist die Summe?

Gerner.

Zweihundert Mark.

Mathilde.

Zweihundert Mark! — (Pause. Dann geht sie schnell zum Sekretär, öffnet ihn und nimmt aus einem Fache desselben eine Brieftasche.) Weißt Du, wieviel noch hierin ist? Wenig mehr! Nimm es, ich gebe es hin, um meinen einzigen Sohn vor der Schande zu bewah= ren, in die er sich durch einen elenden Verführer und durch eigene Schwäche brachte! Nimm es! Es ist mein Letztes!

Gerner (nimmt es).

Mathilde (mit starker Stimme).

Dann geh! Und kehre nicht eher in dies Haus zurück, bis Du durch ehrliche Händearbeit diesen Flecken von Dir abgewaschen hast. Eher wollen meine Augen Dich nicht wieder= sehen! (Sie geht langsam zur Thür.)

Gerner.

Mutter!

Mathilde (drohend).

Geh! — (Sie geht hinaus.)

Dritter Auftritt.

Gerner (allein).

Das war hart! — Aber im Grunde genommen günstig. Was will ich denn mehr? Das wäre überstanden. Geld habe ich auch — nun noch das Andere — und ich kann fort. Und das will ich auch! — Wozu die Grillen! Ueber so etwas muß man sich hinwegsetzen! (Nachsinnend.) Ob ich noch einmal zu ihr gehe? — Nein, besser nicht; sie könnte mich doch noch halten wollen!

Vierter Auftritt.

Der Vorige. Anna kommt.

Gerner.

Auch die noch! — (Laut, mit spöttischem Anflug.) Guten Morgen Anna, wie hast Du diese Nacht geschlafen?

Anna.

Was soll die Frage? Du bist doch sonst nicht so liebens= würdig besorgt um mich, um darnach zu fragen! Du hast es ja nicht einmal für nöthig befunden, unsere Verabredung gestern Abend einzuhalten, sondern bist fortgegangen, ohne auf mich zu warten.

Gerner (hat sich gesetzt und blickt sie spöttisch an).

Nein, dieser Undank! — — Sollte es Dir denn wirklich so unangenehm gewesen sein, Winter gestern Abend allein getroffen zu haben? Ihm habe ich jedenfalls einen großen Gefallen damit erwiesen.

Anna.

Was soll das heißen!? Woher weißt Du, daß er mich — liebt?

Gerner (spöttisch).

Also Du weißt es schon! Hat er es Dir schon gesagt? — Nun ja, eine solche Gelegenheit vorübergehen zu lassen, wäre Sünde gewesen. Aber daß Du mir auch noch Vorwürfe machst, daß ist doch im höchsten Grade ungerecht.

Anna (zögernd).

Sprach er Dir von mir? Sag' es mir, woher weißt Du, daß er mich liebt?

Gerner (wie vorhin).

Nun, das war doch leicht zu sehen. Aber nun sag' mir einmal: was habt Ihr eigentlich gestern Abend in aller Eile zusammen ausgemacht? Hat er Dir wahrhaftig gleich seine Liebe erklärt? Nun, das muß ich sagen, etwas schnell ging es doch.

Anna (zornig).

Sprich nicht in diesem Tone von ihm, ich verbiete es Dir! — Aber ich will es auch vor Dir nicht verheimlichen, was ich der ganzen Welt zurufen möchte: Ja, er liebt mich, und seine Liebe macht mich unaussprechlich glücklich!

Gerner (mit bösem Blick).

So! — — (Lauernd.) Weiß denn die Mutter schon davon, und wird sie einwilligen?

Anna.

Die Mutter? Weshalb sollte sie denn nicht? Ich will gleich zu ihr und es ihr sagen!

Gerner.

Ja, sag' es ihr nur jetzt! (Für sich.) Du kommst grade recht. (Laut.) Sie ist im Nebenzimmer.

Anna (bei Seite).

Mir bangt auf einmal, aber warum? Weshalb sollte sie nicht mein Glück wollen? Sie war selten sehr liebreich, aber auch nie ungerecht gegen mich. — (Schnell und laut.) Ich will es ihr gleich sagen. (Sie geht zur Thür, die in's Nebenzimmer führt, und ruft hinein.) Mutter! — (Tritt wieder zurück, leiser.) Nun!

Fünfter Auftritt.
Die Vorigen. Mathilde Gerner kommt.

Mathilde (wie sie hereinkommt, tritt Gerner schnell auf sie zu).

Gerner (zu ihr; leise, aber sehr dringend).

Daß Du ihr kein Wort von dem eben Besprochenen sagst, es wäre mein Verderben! — (Dann schnell ab, nachdem er noch einen Blick auf Anna geworfen hat, die sich zu der Eintretenden hinwendet.)

Sechster Auftritt.
Die Vorigen, ohne Gerner.

Mathilde (ist erschrocken zurückgetreten, dann zu Anna, gefaßter).

Was hast Du mir zu sagen, Anna?

Anna (zögert).

Mathilde (ungeduldig).

Nun, so sag' es mir denn! Du riefest mich?

Anna.

Ja, liebe Mutter, ich will es Dir sagen. Aber bitte, nicht diesen schroffen Ton, — es ist etwas sehr Wichtiges, etwas Entscheidendes, das ich Dir zu sagen habe.

Mathilde.

Ja, das muß es wohl sein, nach einer so langen Einleitung! — Nun? —

Anna (verletzt).

Ich bitte Dich, sprich nicht in diesem Ton zu mir! Nimm es gut auf, es ist nichts Schlimmes — und ich zögere nur, weil es so schnell, so plötzlich über mich kam, daß ich es selbst kaum fassen kann.

Mathilde.

So sprich, Anna. Du weißt, daß ich nie ungerecht gegen Dich war gegen mein besseres Wissen. Weshalb sollte ich es heute sein?

Anna.

Ja, das warst Du nie, und ich vertraue mich Dir auch gern und offen an. (Leiser, aber ruhig, dann lauter und dringender.) Ich wollte Ernst gestern Abend aus dem Geschäft abholen, aber er war nicht mehr da, nur noch einer der Herren, ich kannte ihn nicht, — und der sagte mir, er habe mich oft gesehen, — und mich — lieben lernen — und zuerst wallte es in mir auf, wie Zorn über ihn, aber als er weiter sprach, mußte ich ihm zuhören — und ich vergaß, daß er mir fremd war, — und da kam es über mich, so seltsam beängstigend, aber auch beglückend — —

Mathilde.

Und Du sahst ihn gestern zum ersten Mal, wie soll ich das verstehen?

Anna.

Ich wußte es wohl, Du würdest mich nicht verstehen, das kann auch Niemand — und wer es mir gestern Morgen gesagt hätte, ich hätte darüber gelacht. Aber nun, nun muß ich es glauben. Ich bin nicht dieselbe mehr, Alles zwingt mich zum Denken an ihn, jeder Augenblick — und immer klingt es noch in meinem Ohr, was er zu mir sagte: Wir gehörten zusammen, nur wir — es sei ein Schicksal gewesen, das habe es

so bestimmt — und ich mußte es glauben — und es macht
mich so glücklich, wie noch nichts bisher!

Mathilde (hat verwundert zugehört).

Und wer ist denn der Mann, dem Du so schnell Deine
Liebe geschenkt hast?

Anna.

Es ist ein guter Bekannter von Ernst und mit ihm im
Geschäft: Hermann Winter.

Mathilde (auffahrend).

Wen?! — Nenne den Namen noch einmal, ich habe
mich verhört!

Anna.

Winter —

Mathilde (außer sich).

Winter! — Winter! — — der! — der! — das ist
ja — — ah! (Sucht sich zu fassen.)

Anna (bestürzt).

Mein Gott, was hast Du gegen den Namen? Weshalb
erschreckt er Dich so? Kennst Du ihn? Was ist mit ihm?

Mathilde.

Nichts, nichts! Ich kenne ihn garnicht — aber der
Mann, nein, den darfst Du nicht lieben, das ist ja nicht möglich!

Anna.

Aber ich liebe ihn doch! O sag' mir, Mutter, was hast
Du gegen ihn? Ich flehe Dich an, sag' es mir!

Mathilde (bei Seite).

Der Verführer meines Sohnes, und den — (Laut.) Nichts,
garnichts! Aber den Mann willst Du doch nicht etwa hei-
rathen? —

Anna.

Ich verstehe Dich nicht — weshalb nicht?

Mathilde.

Liebe, wen Du willst — heirathe — Alles — aber den Mann nicht!

Anna (flammend).

Und doch grade ihn, — und keinen Andern!

Mathilde.

Anna!

Anna.

Mutter!

Mathilde (ruhiger).

Was ist das! So standest Du mir noch nie gegenüber. Du wirst diesem Manne nicht folgen, ich verbiete es Dir!

Anna (fest).

Ich werde es! (Pause.)

Mathilde.

Das ist das erste Mal, daß Du mir so gegenüberstehst!

Anna (tonlos).

Ja, es ist das erste Mal, und es wird auch das letzte sein. Es ist unkindlich, es ist mehr — es ist undankbar von mir, ich weiß es wohl. Du hast soviel für mich gethan, und glaube mir, Mutter, ich bin Dir dankbar dafür. Alle treue Kindesliebe bringe ich Dir entgegen, sonst würde mir der Name, den ich Dir gebe, nicht so leicht vom Munde gehen. Wie schlecht wäre es von mir, wenn ich vergessen wollte, was Du an mir, dem Kinde Deiner Schwester, gethan — wie Du mich erzogen — aber ich kann, ich kann nicht anders! — —

Mathilde (herb).

Sprich nicht von Dank, Anna! — Nein, etwas Anderes
ist es, was sich mir soeben enthüllt hat, und wir wollen offen
gegen einander sein. — Nein, wir sind nicht von demselben
Blute, zwischen uns liegt ein Fremdes, das keine langjährige
Liebe überbrücken kann. Heute hat sich der Abgrund aufge=
than und er wird sich nie wieder ganz schließen. Wäreſt Du
mein Kind, Du würdest mir folgen, ohne zu fragen, und
glauben, daß ich nichts Anderes, als Dein Bestes will. Aber
da Du es nicht bist, habe ich nicht das Recht, Dich zu halten:
so gehe denn mit dem Manne, der Dich bethörte, aber vergiß
es nie, daß meine Hand und mein Mund es waren, die Dich
zurückhalten wollten, wenn Du es einst bereust, daß Du mir
nicht gefolgt bist.

Anna.

Und wenn ich es bereuen sollte: was giebt mir denn die
Kraft, Dir so zu widerstehen, wenn es nicht eine Macht ist,
die innerlich=wahr ist und darum so stark?

Mathilde.

Nein, Du täuscheſt Dich selbst. Dein verblendeter Eigen=
sinn ist es!

Anna.

Meine Liebe ist es!

Mathilde.

. Laß uns enden, wir kommen so doch nicht weiter. Ich
sah ihn kommen, diesen jähen Zwiespalt. Ueber kurz oder
lang mußte er zwischen uns aufklaffen. (Leiser.) Daß es grade
heute kommt, mit all' dem Anderen zusammen, das ist — viel

(Pause.)

Anna (bittend).

Mutter!

Mathilde (ruhig).

Nein, Anna, geh' mit dem Manne. Du willst mir nicht glauben, ich darf Dich nicht halten, so geh' denn!

Anna (laut, stolz).

Nun denn, was stehe ich denn hier und bitte um das, was ich verlangen darf als mein Recht! Als mein Recht — wir Alle tragen es unveräußerlich in uns, und mit dem ent= scheidenden Augenblicke, wo es sich um unser Leben handelt, und wir es brauchen, ist es unser! — Und es ist mein! Da schwindet jede Pflicht, auch die der Dankbarkeit! O ich wäre des Rechtes nicht würdig, wenn ich auf dasselbe verzichten wollte — ich darf es nicht und ich will es auch nicht und am wenigsten einer Laune halber. Denn Du kennst den Mann nicht, wie Du sagst. Weshalb denn? Du sagst es mir nicht, und Dein seltsames Versagen ist mir unerklärlich. Sag' mir, was treibt Dich dazu?

Mathilde (für sich).

Ist es nicht meine Pflicht, es ihr zu sagen? Aber dann — ist Ernst verloren — nein, ich kann es nicht! — (Laut.) Ich habe Dir erlaubt, zu gehen. Wenn Du in Deiner wahn= sinnigen Verblendung Dein Glück gefunden zu haben glaubst, so geh! Aber ich sage Dir, Du gehst einer bitteren Ent= täuschung entgegen — sei dann auch stark genug, sie zu ertra= gen, dann wirst Du mir glauben!

Anna (leidenschaftlich).

Ich verstehe Dich nicht. Ich verstehe auch mich nicht, aber ich weiß nur das Eine, das Eine: daß ich muß! Nun denn, zum letzten Mal: Ja, ich gehe, ich gehe zu ihm, in seine starken Arme — zu meinem Glück! — — Und selbst wenn es mich verderben würde — ich könnte nicht anders, ich müßte zu ihm! — (Geht schnell zur Thüre, noch einmal zögernd, dann aber kurz entschlossen hinaus.)

Siebenter Auftritt.

Mathilde allein. Dann Gerner.

Mathilde (sieht ihr nach, steht sinnend).

Das war die Stimme der Ueberzeugung! Die sprach zu mir! Und wenn wir uns nun doch nicht so fremd wären? — (Geht unruhig auf und ab.) Wenn es doch meine Pflicht gewesen wäre, ihr die Augen zu öffnen? Hätte ich ihr nicht sagen müssen, wer der Mann ist, dem sie sich in wahnsinniger Ver= irrung an den Hals werfen will? — — Nein! Mag sie gehen — ich habe meine Pflicht gethan und sie gewarnt, aber sie wollte nicht hören. Und ihn abermals vor ihr erniedrigen, wie so oft, ihn, der doch mein Sohn ist und bleibt? Nein, ich kann es nicht.

Gerner
(kommt eilig, ein Lied trällernd, aus der Seitenthür. Als er seine Mutter erblickt, stockt er und schrickt leicht zusammen, faßt sich jedoch sogleich wieder; in leichtem Tone).

Nun, was habt Ihr denn zusammen gehabt?

Mathilde.

Schweig! — Weshalb bist Du noch hier? Du warst noch nicht im Geschäft! Treibt es Dich denn garnicht, die Spuren Deines Vergehens zu verwischen, so schnell wie mög= lich! — (Sie geht auf ihn zu und legt ihm stark die Hand auf die Schulter.) Ich habe eben geschwiegen, wo ich hätte reden sollen — Deinet= wegen geschwiegen! (Sie sieht ihn fast drohend an, läßt dann langsam die Hand sinken und geht abgewandt hinaus.)

Achter Auftritt.

Gerner
(allein; macht eine Bewegung, wie um etwas abzuschütteln, geht dann einen Schritt vorwärts und lacht unmuthig auf).

Schon wieder! Aber das war ein Ende! Nun bin ich auch damit fertig! Daß diese Geschichte nun noch dazwischen

kommt — ah bah! was geht denn mich das an! Morgen
bin ich nicht mehr da, und dann mögen sie allein sehen, wie
sie fertig werden! — Bis jetzt ging Alles trefflich: Winter's
Verlegenheit gestern Abend, ohne die er nie seine Hand dazu
geboten hätte, — ohne die ich es auch nie hätte wagen dürfen,
denn jeder Pfennig wird Tag für Tag revidirt — — ja sonst
— hätte ich mir wohl schon einmal einen Griff in die Kasse
erlaubt! — Soll ich denn noch bis morgen warten? Dann
giebt Winter seinen Theil zurück — nein, es ist zu gewagt
und ich kann Alles wieder verlieren, nein, ich muß heute noch
fort, heute noch — sonst kann das Ganze noch schief gehen
— — aber wenn ich nun heute Abend versuchte, meinen Ge=
halt schon zu bekommen? Edler kommt bis dahin zurück —
er wird keinen Verdacht schöpfen, da ich bis jetzt sein volles
Vertrauen genossen habe, sonst (wieder auflachend) hätte er mich
nicht zu seinem Kassirer gemacht! Ja, ich will's versuchen.
Es wird schon gehen! (Er geht auf und ab und reibt sich zufrieden die Hände,
dann stillstehend.) Ach, wenn ich nur erst draußen wäre, ich ersticke
hier! (Düster.) Es ist doch ein elendes Dasein: nie und nie
sicher zu gehen, immer fürchten zu müssen, daß einem plötzlich
der Boden unter den Füßen schwindet und man verloren ist
— — (Fährt auf.) Schon wieder dieses verfluchte Grübeln!
Vorwärts, vorwärts jetzt — und wenn, wenn es kommen
sollte, nun, dann habe ich ja schließlich noch das hier (er zieht
aus der Tasche eine kleine Flasche und betrachtet sie) — eine Messerspitze
— und weg bist Du! (Lacht in übermüthiger Laune.) Prächtige Er=
findung! Man müßte sie eigentlich hoch leben lassen! — (In
gesteigerter Lustigkeit.) Sie lebe hoch — hoch und noch einmal
— — ·—

Neunter Auftritt.

Der Vorige. Winter (ist während der letzten Sätze Gerner's
unbemerkt eingetreten und leise näher gekommen, entreißt ihm plötzlich)

mit jähem Griff die Flasche, sie stehen sich gegenüber; Gerner versucht es, sie ihm wieder zu entreißen, doch hält Winter sie in der erhobenen Hand fest).

Winter.

Was fehlt Ihnen? Sind Sie wahnsinnig geworden? — Ist das wirklich Gift?

Gerner (wüthend).

Geben Sie mir das her! Wie dürfen Sie es wagen —

Winter.

Also doch Gift! Da kam ich grade zur rechten Zeit! Nein, das Gift bekommen Sie unter keiner Bedingung zurück! Also so steht es mit Ihnen, daß sie sich auf solche Fälle vorbereitet haben!

Gerner (dringend).

Geben Sie mir das Gift zurück! — Oder —

Winter.

Oder?! — — Nein, so sollen Sie nicht enden, so lange ich es hindern kann. (Er steckt gleichmüthig die Flasche ein.) Ich habe von heute an Pflichten Ihnen gegenüber. — Vor Allem das Eine: zunächst muß die unglückselige Geschichte von gestern Abend erledigt werden, und das so schnell, wie irgend möglich — es hätte überhaupt nie geschehen dürfen; aber ich wußte ja kaum, was ich that, gestern Abend.

Gerner (will unterbrechen, horcht aber jetzt auf).

Winter.

Wie viel haben Sie noch von der Summe von gestern Abend?

Gerner.

Ich habe — nichts mehr.

Winter.

Ja, das dachte ich mir, Sie sind natürlich sofort hin=
gegangen und haben so lange gespielt, wie noch etwas da war.

Gerner.

Nun ja, ich hatte Unglück...

Winter.

Sie haben immer Unglück. — Wie gesagt also, ich dachte
es mir und so habe ich mir heute Morgen die ganze Summe
anderweitig verschafft. Und nun hören Sie mich wohl an:
Sie wissen, was auf dem Spiele steht, auch für Sie. Sie
gehen jetzt sofort in's Geschäft, tragen die Summe für mich
ein — ich kann es jetzt nicht, da ich dringend verhindert bin
— Sie wissen in welches Buch, und legen dann das Geld
in die Kasse! Sie verstehen mich?

Gerner (stimmt, verstohlen lächelnd, freudig bei).

Ja gewiß, ich gehe jetzt gleich hin. Verlassen Sie sich
darauf, das Geld soll gut besorgt werden! (Will schnell ab.)

Winter (hat düster=sinnend dagestanden, nun plötzlich).

Halt, noch einen Augenblick! — (Er tritt vor ihn hin und sieht
ihn furchtbar an, mit starker Stimme.) Gerner, Sie sind ein Schurke!

Gerner (fährt jäh zusammen, will sprechen).

Winter (ganz kühl).

Seien Sie ruhig, keine Scene! Sie wissen, weshalb ich
Ihnen das gesagt habe, und ich mußte es Ihnen sagen! —
Ich war gestern Abend sinnlos vor Aufregung und Schmerz,
da benutzten Sie die Gelegenheit, um mich zu diesem Schritte
zu verleiten. Sie wußten, was Sie thaten. — ich nicht! Ich
sah in jenem Augenblicke den Weg nicht, auf den Sie mich
heimtückisch und angestachelt von gemeinen, egoistischen Trieben
leiteten. Es war nur ein Augenblick, aber er hätte meiner

Ehre für immer verhängnißvoll werden können — nun ist es abgewandt von uns Beiden, aber Sie haben gehandelt, wie ein Elender!

Gerner (außer sich).

Sie behandeln mich auf eine unerhörte Weise! Ich brauche mir das nicht gefallen zu lassen! — Erst gehen Sie hin und nehmen — —

Winter (furchtbar=drohend mit erhobener Rechten).

Sprechen Sie das Wort nicht aus! — Was ich Ihnen sagte, haben Sie verdient! Nun ist es herunter!

Gerner (knirschend für sich).

Wenn nur das Geld nicht wäre, ich würde ihm etwas Anderes sagen!

Winter.

Ich habe mich gestern Abend mit Ihrer — — (stockend) mit Anna verlobt. Wollen Sie ihr sagen, daß ich hier bin?

Gerner (hohnvoll).

Sie erlassen mir wohl eine Gratulation, nach dem eben Vorgefallenen?

Winter.

Von Herzen gern, bitte, nur keine leeren Formen!

Gerner.

Aber vorerst möchte ich zurückhaben, was Sie mir soeben gewaltsam entrissen.

Winter.

Nein! Ich sagte es Ihnen schon! — — Nun eilen Sie. Wüßte ich nicht, daß Ihr eigenes Wohl davon abhinge, ich hätte Ihnen das Geld nicht anvertraut. Aber ich kann es nicht selbst besorgen. — Nun bitte, sagen Sie Anna, daß ich hier bin.

Gerner (für sich, in Wuth).

Das will ich Dir heimzahlen! Ich hätte Dich auch so fallen lassen, aber nun erst recht! (Er ballt die Hände.)

Winter (ungebuldig).

Wenn Sie nicht wollen, gut, so gehe ich selbst zu ihr.

Gerner.

Lassen Sie nur, ich gehe schon. (Im Abgehen vor sich hin.) Aber die Reisekasse schwillt an. Hahaha — nun noch mein Gehalt, — und dann — fort! (Aufathmend.) Ah, nur fort — fort! (Durch die Seitenthüre ab.)

Zehnter Auftritt.

Winter (allein).

Befreit, eine Last ist abgeschüttelt! — Anna, wenn ich Dich nur erst in meinen Armen hielte! Dann würde es still in mir werden, und auch das letzte, dunkle Gefühl aus meiner Brust schwinden, das jetzt noch immer, wie drohend, einen Schatten wirft in mein leuchtendes Glück! — Was mag da sein — ist es noch das Wehen des großen Schmerzes, der eben an dem offenen Grabe der Schwester über mich fuhr? Auch das wird schweigen, zur Wehmuth werden — bei ihr! Ich weiß es! —

Elfter Auftritt.

Der Vorige. Anna.

Anna (eilt herein und wirft sich jubelnd an seine Brust).

Hermann! — Hermann! — —

Winter.

Da bist Du, mein Leben, mein Glück! (Sie küssen sich heiß.)

Anna.

Ich halte Dich! Ist es denn wahr? So war es doch kein Traum? — (Leidenschaftlich.) Du bist mein! (Macht sich los und sieht ihn glücklich an.) Aber Du bist ernst, eine Falte auf Deiner Stirn? Nicht so, Geliebter, wir sind zusammen!

Winter.

Alles, Geliebte! Aber weißt Du, woher ich komme? Ich begrub soeben das Einzige, was mir lieb war auf Erden außer Dir. ...

Anna.

Die Schwester! Verzeih' mir, Hermann! Das Glück macht selbstsüchtig. Du sollst sie nicht vergessen, — nein, aber ich wünsche so sehnlich, sie in Etwas wenigstens ersetzen zu können (sie schmiegt sich an ihn), denn Deine Liebe ist nun mein Alles, mehr habe ich nicht! Nicht wahr, Du schiltst mich nicht darum?

Winter.

Dich schelten! Was spricht denn aus Dir, wenn es nicht menschlichstes Empfinden ist, das mich selig macht?

Anna.

Aber höre, was ich Dir sagen will! — Was würdest Du thun, wenn ich zu Dir sagte: Ich bin Dein, und nun mußt Du mich hinnehmen, wie ich bin; nichts bringe ich Dir zu, denn ich habe Alles aufgegeben und nun kein Heim mehr, wo ich wohnen, keinen Menschen mehr, dem ich mich vertrauen kann? Sag', würde da die Stimme der Vernunft in Dir schweigen, — würdest Du mich in Deine Arme nehmen und mich nicht mehr lassen und nichts fragen nach all' den Anderen?

Winter (jubelnd).

Anna! Ich würde Dir sagen: geh' mit mir, noch heute! — Bei mir ist Dein Heim, an meiner Brust. Noch steht

das Zimmer meiner Schwester, wie es war — geh' mit, zieh'
ein! Ich will Dich in die Arme einer alten Frau führen,
die Dir mit derselben Liebe begegnen wird, wenn ich sie bitte,
wie ihr! Ruhig würde ich ihr Dich anvertrauen, aber nicht
für lange; denn bald würde ich kommen und Dich heimholen
— als mein Weib!

Anna (ebenso).

Ja, ich wußte es, daß Du so sprechen würdest! Ich
habe mich nicht getäuscht! So mußtest Du sprechen, groß —
ohne kleinliche Bedenken und ängstliche Vorurtheile!

Winter.

Aber was ist denn geschehen, daß Du hier nicht mehr
bleiben kannst?

Anna.

Eben, ehe Du kamst, sprach ich mit ihr — o, ich kann
sie nicht mehr Mutter nennen! — ich sagte ihr Alles, und
da, — ach, es war kläglich! — ohne nur einen Grund anzu=
geben, trat sie mir entgegen, wollte es nicht zugeben. Ich
weiß nicht, was noch — aber mehr, als das: Die ganze
Verschiedenheit unserer Naturen kam zum Durchbruch! Glaube
nicht, daß ich undankbar gegen sie bin, aber hier war mir
nur Eins möglich. In Allem hätte ich mich ihr gefügt in
kindlichem Gehorsam, — hierin nicht!

Winter.

Nun, so geh' mit mir! An meiner Seite ist nun Dein
Platz, und ich hoffe, Du sollst Alles wiederfinden, was Du
aufgiebst.

Anna.

Ist es denn wirklich möglich, daß zwei Menschen sich so
schnell, und so verstehen, wie Du und ich! Nein, das ist

keine blendende Täuschung, was so schnell über mich kam,
Liebe ist es, Liebe!...

Zwölfter Auftritt.

Die Vorigen. Mathilde Gerner kommt.

Mathilde (sieht die sich umschlungen Haltenden).

Herr Winter! — Sie kommen in dies Haus?! —

Winter (läßt Anna los, lächelnd).

Um mir mein Glück zu holen!

Mathilde.

Das geht zu weit! — Und Sie wagen es — — Sie
sind — ah! — (leiser) nein, ich darf nicht! (Stürmisch.) Dann
geht, Ihr Beide! Geh' mit ihm, Anna! Ich sage mich los
von aller Verantwortlichkeit gegen Dich, die ich bisher getragen,
— und für das, was nicht ausbleiben kann und wird! Es
ist Dein Wille gewesen, Du magst ihn haben!

Anna.

Ja, ich muß gehen, ich kann hier nicht länger bleiben!
Aber laß uns wenigstens in Frieden scheiden, nicht so!...
Wir werden wiederkommen, wenn sich Deine seltsame, uner=
klärliche Abneigung gegen ihn gelegt, als ein Irrthum heraus=
gestellt hat.

Mathilde (schweigt, mit sich kämpfend).

Anna.

Glaub' mir, ich gehe nicht mit leichtem Herzen. Alle
Dankbarkeit gegen Dich, für das, was Du mir warst, bleibt
in ihm. Aber Du wirst mir einst Recht geben, daß ich nicht
anders handeln konnte!

Mathilde.

Das werde ich nie! Ehe das geschieht, werden Dir die Augen geöffnet werden, jetzt siehst Du den Abgrund noch nicht, in den Du hineintaumelst —

Anna.

Dir bleibt Dein Sohn, er ist Dir Alles. Ich — nichts!

Mathilde.

Sprich nicht von ihm! — Als eine Andere wirst Du einst zu mir kommen und mich bitten, Dich wieder aufzunehmen —

Winter (fest).

Das wird sie nie, so lange ihr Platz an meiner Seite ist! (Er schlingt seinen Arm um Anna).

Mathilde.

Ich spreche nicht mit Ihnen, Herr Winter! — Und jetzt geht, wohin Ihr wollt! —

Anna (schmerzlich).

So leb' denn wohl!

Mathilde (steht abgewendet, leise den Kopf schüttelnd).

Anna.

Hermann, nun bin ich ganz Dein eigen! . . .
(Sie gehen langsam ab.)

Dreizehnter Auftritt.

Mathilde
(allein; nach einer Pause, während welcher sie sinnend dagestanden hat).

Da geht sie hin, verblendet. . . . Und was bleibt mir? Ist es denn möglich, an einem Tage Alles zu verlieren, beide

Kinder — — (angstvoll, geht auf die Thür zu) denn auch sie war mein Kind! Ich hätte sie nicht so gehen lassen dürfen — es wird ihr Verderben sein, sie kann zu Grunde gehen mit dem Manne! — (Ruft.) Anna — Anna! — (Tritt wieder zurück.) Nein, es ist zu spät! — Es ist auch gut so! — (Wieder ganz fest.) Mag sie gehen! (Geht schnell ab.)

(Der Vorhang fällt.)

Ende des zweiten Aufzuges.

Dritter Aufzug.

Privatbureau Edler's. Sehr gut eingerichtet; links ein großes Pult, bedeckt mit aufgeschlagenen Geschäftsbüchern.

———

Erster Auftritt.

Edler

(allein; geht unruhig auf und ab, wirft ab und zu einen Blick in die Bücher, vergleichend und nachdenkend).

Ich verstehe es nicht! Winter — mein bester Arbeiter, auf den ich Häuser baute, dem ich mein ganzes Vermögen unbedingt anvertraut hätte, wenn es darauf angekommen wäre! Aber ich muß es glauben: die Summe ist weder eingetragen, noch in der Kasse! Es ist kein Zweifel, er hat mit Gerner gemeinschaftliche Sache machen müssen! Eine ganz gewöhnliche Unterschlagung — es ist nicht zu glauben! — (Geht wieder auf und ab.) Ist denn alle Treue und aller Glaube aus der Welt entschwunden! Wem soll ich nun noch glauben! — Wenn es nur eine Vergeßlichkeit wäre — ich will mich keinenfalls übereilen, sondern erst noch einmal mit Held sprechen! (Geht zur Thüre und ruft hinaus.) Ist Herr Held da?

———

Zweiter Auftritt.

Der Vorige. Held kommt.

Held.

Herr Prinzipal? —

Edler (tritt mit ihm zu dem Pult).

Soeben war der Inhaber der Firma Grandson & Co. bei mir. Gestern während meiner Abwesenheit hat er persönlich an Winter die Summe von 200 Mark eingezahlt. Sehen Sie, bitte, nach, ob die Summe hier eingetragen ist?

Held (sieht eine Zeitlang in die Bücher).

Die Summe ist nicht eingetragen!

Edler.

Winter ist nicht da?

Held.

Nein, er läßt sich durch mich auf einige Tage wegen des Todes seiner Schwester entschuldigen. Uebrigens war er gestern noch zu unser Aller Erstaunen hier und arbeitete, wie immer.

Edler.

Ja, denn Grandson hat ihm persönlich das Geld beim Vorbeigehen übergeben. — Nun sehen Sie her. Also hier ist kein derartiger Posten eingetragen. Dann habe ich soeben die Kasse revidirt — die Summe fehlt!

Held (erschrocken).

Herr Edler! Ich bin bestürzt! So wenig ich sonst mit Winter harmonire, aber das steht bei mir außer aller Fräge: er ist ein durchaus rechtschaffener Mensch, dem ich meine Ach= tung nicht versagen kann!

Edler.

Das ist es ja grade, was mich fassungslos macht. Des= halb sehen Sie mich ebenso erregt! Aber sagen Sie selbst: ist denn noch ein Zweifel möglich?

Held (zuckt verneinend die Achseln).

Edler.

Und weiter. Wo bleibt Gerner heute? Er ist nicht da!

Held.

Auch er! Nein, es ist kein Zweifel mehr! Was mag da vorgehen! Beide sind seit gestern Abend nicht mehr hier gewesen — die Summe fehlt — (angstvoll) und Anna! mein Gott, Anna! von ihm verleitet und bei ihm! Vielleicht schon Beide entflohen! Und sie mit ihm verloren! —

Edler.

Wer ist Anna?

Held (schnell).

Die Schwester Gerner's! — Sie werden mir nicht glau= ben, aber es ist so: ich komme gestern Abend noch spät hier= her, Anna ist bei Winter, den sie zum ersten Male sieht, er hat ihr schöne Dinge gesagt, sie ist verleitet, spricht von Liebe zu ihm, und heute Mittag, wo ich zu Gerner's gehe, sagt mir die Mutter, die sie natürlich hindern wollte, sie sei mit ihm gegangen! — Ich sehe nicht klar, aber es stimmt zu dem Allem, bitte, lassen Sie mich zu ihr eilen, vielleicht kann sie noch zurückgehalten werden —

Edler.

Ja, gehen Sie schnell!

Held (eilt fort).

Dritter Auftritt.

Edler allein. Dann ein Gehülfe.

Edler.

Die Sache wird immer verwickelter! Nur das Eine ist klar: die Beiden haben unter einer Decke gesteckt! (zornig.) Kein

Treu' und Glauben mehr! Wieder einmal getäuscht! (Zur Thür; ruft in's Nebenzimmer.) Sind weder Herr Winter noch Herr Gerner heute hier gewesen?

Gehülfe (in der Thür).

Herr Winter ist soeben gekommen —

Edler (überrascht).

Wie? — Bitten Sie ihn sogleich zu mir! — (Der Gehülfe geht wieder.) — Er ist da! — Daß es doch noch ein Irrthum wäre! —

Vierter Auftritt.

Der Vorige. Winter kommt.

Winter.

Sie wollen mein heutiges Ausbleiben entschuldigen, Herr Edler, meine Schwester —

Edler (unterbricht ihn).

Bitte, das ist natürlich. Aber Sie waren gestern Abend im Geschäft, nicht wahr, Herr Winter?

Winter.

Ja. . . .

Edler.

Und Sie bekamen gestern im Laufe des Nachmittags von Grandson & Co. die Summe von 200 Mark — (zeigt auf die Bücher) sie ist nicht eingetragen!

Winter
(stürzt auf das Pult zu, wirft einen Blick in die Bücher, fährt erblassend zurück und schreit auf).

Ah! — — (birgt stöhnend sein Gesicht in den Händen und bleibt mit sich kämpfend so stehen).

Edler (wendet sich ab).

Also doch! (Pause. Dann leiser.) Winter, das hätte ich nicht gedacht! (Geht auf und ab, mehr für sich.) Was soll ich nun thun? Die Thatsache kann durch die Umstände gemildert erscheinen, aber nicht ungeschehen gemacht werden! Weshalb kamen Sie nicht zu mir? Ich hätte Ihnen ja gern die paar Mark gegeben, aber so! — Winter, ich verstehe das nicht!

Winter

(hat bewegungslos, die Hände vor's Gesicht geschlagen, dagestanden, will sprechen, aber vermag es nicht. Dann wankt er auf die Thür zu, um hinauszugehen. In demselben Augenblicke klopft es und Edler geht an ihm vorbei und öffnet die Thür).

Fünfter Auftritt.

Die Vorigen. Gerner tritt ein.

Gerner (noch in der Thür).

Ich komme mit einer Bitte zu Ihnen, Herr Prinzipal, wollten Sie mir vielleicht schon heute mein Gehalt für diesen Monat — (erblickt Winter und verstummt).

Edler (tritt befremdet zurück).

Winter

(hat bei dem Ton von Gerner's Stimme die Hände sinken lassen, starrt ihn an, mit erstickter Stimme).

Der! — — Der! — — — (Stürzt dann wild auf ihn zu und packt ihn bei der Brust, laut und furchtbar.) Der! — Der! — Schurke, elender Schurke! was hast Du gethan! Sieh' mich an, Feigling! Sprich, was hast Du gethan?! — (Stößt ihn von sich.) Nein, schweige! Was würde es auch helfen, wenn ich Dich erwürgte! — — (Schlägt die Hände vor's Gesicht.) Entehrt — entehrt durch diesen Menschen! Ihm gleich in den Augen der Welt! — — (Verzweifelt.) Ha, und Dich, Dich mit hineingerissen! Was soll ich thun, um Dich zu retten, Anna! —- Anna, Anna — zu ihr! (Stürzt an den Beiden vorbei hinaus.)

Sechster Auftritt.

Die Vorigen, außer Winter.

Edler (steht erschüttert, ruft ihm nach).

Winter, so hören Sie doch! — —

Gerner (ist erblaßt, sucht sich zu fassen, heuchlerisch).

Was mag ihm fehlen? Wissen Sie es? Ist ihm etwas zugestoßen —

Edler (zornig).

Ja, ich ahne es, wie das Ganze so kam! Ich bin fest davon überzeugt, daß die Hauptschuld auf Ihrer Seite ist! Sie haben ihn verführt!

Gerner (wie oben).

Wie? Ich hätte ihn verführt — wozu?

Edler.

Sie wagen noch, darnach zu fragen! Lassen Sie die Maske jetzt fallen, leugnen Sie nicht! Nur so können Sie auf meine Nachsicht hoffen! Aber dieselbe schwindet Ihnen gegenüber, sobald Sie fortzufahren versuchen, mich zu hinter= gehen! Ich will und muß die Wahrheit wissen! Also sprechen Sie —

Gerner (unterwürfig).

Ich will es Ihnen gestehen, Herr Prinzipal, verzeihen Sie uns. Es war unbesonnen von uns gehandelt; wir waren Beide in Verlegenheit. Er hatte nichts, um seine Schwester begraben zu lassen — so nahmen wir das Geld, um es heute durch unseren Gehalt zu ersetzen.

Edler.

Sie theilten die Summe?

Gerner (zögernd).

Ja.

Edler.

Und Sie waren es, der ihn auf diesen Gedanken brachte, leugnen Sie nicht!

Gerner.

Ich versichere Sie, Herr Prinzipal —

Edler.

Gut. — (Sich besinnend.) Sie sind natürlich aus meinem Geschäft entlassen! — Das Nähere werde ich bald von Winter selbst erfahren und doch genauer, als von Ihnen! — — Ich werde die Sache nicht weiter verfolgen. Aber bilden Sie sich nicht etwa ein, daß ich Ihretwegen diese Milde walten lasse! Winter dauert mich, ich möchte nicht, daß er hieran zu Grunde ginge. — — Was gedenken Sie nun zu beginnen?

Gerner (innerlich erleichtert).

Ich weiß nicht, Herr Prinzipal — ich bin mittellos —

Edler.

Ich würde Ihnen rathen, nicht länger hier zu bleiben.

Gerner.

Wenn ich die Mittel hätte, um fortzukommen —

Edler.

Sie sollen Ihren Gehalt für den abgelaufenen Monat haben. — (Geht zu dem Pult und zieht ein Fach auf.)

Gerner (unterdessen vorn, mit kaum unterdrückter Freude, aber ihn beständig im Auge behaltend).

Er giebt es mir wirklich! — Vortrefflich! Alles geht gut — in wenigen Stunden bin ich fort! — (Als Edler sich umwendet, steht er wieder unterwürfig da.)

Edler.

Hier haben Sie das Geld! — Ich verlange von Ihnen keinen Dank; ich sagte Ihnen schon, daß ich Alles das nicht

4*

Ihretwegen thue. Gehen Sie fort, dahin, wo Niemand Sie kennt. Arbeiten Sie redlich und ernst, um das Vergangene zu sühnen. — (Kühl.) Und nun habe ich mit Ihnen nichts weiter zu reden. (Wendet sich ab.)

Gerner

(will danken, macht aber nur schweigend eine Verbeugung, dann noch einmal für sich triumphirend).

Fertig! — nun fort! — (Geht schnell ab.)

Siebenter Auftritt.

Edler (allein).

Elender! Winter gab Dir den rechten Namen! Du trägst Deine Strafe in Dir! — (Schnell.) Winter?. — Er war eben besinnungslos! Wenn er sich nur kein Leid zufügt! Nein, das soll nicht sein! Er soll erfahren, daß ich die Sache niederschlage! (Schnell ab.)

(Der Vorhang fällt schnell.)

Verwandlung.

Ein einfaches, mädchenhaft eingerichtetes Zimmer. Im Hintergrunde eine Thür. Links ein Tisch mit verschiedenen Gegenständen, darunter eine Flasche und einige Gläser. An ihm mehrere Stühle. Rechts ein Fenster. — Es dämmert.

Achter Auftritt.

Anna (allein, steht am Fenster).

Wäre er doch schon wieder hier! Aber er muß ja bald kommen! Nur einen Blick wollte er in's Geschäft werfen, um nachzusehen, ob Alles in Ordnung ist. — (Sie kommt in die

Mitte der Bühne, vorn.) Und dann — dann will er sich Urlaub nehmen — und dann — werde ich sein — Weib! — (Sie schwelgt und geht im Zimmer umher, es betrachtend.) Also hier hat sie gewohnt, seine Schwester! . . . Wie traulich ist es hier — hier bleibe ich gern! — (Plötzlich aufjubelnd und die Arme ausbreitend.) Welt! Welt! Wie schön erscheinst Du mir auf einmal! — — Leben! Du pulsendes Leben! Ich öffne meine Arme weit, weit, um Deine ganze Fülle in mich aufzunehmen! Der Sonnenschein ist wärmer geworden, und heller das Licht! — (Mit feuchtem Blick.) Ja, das ist Leben! Das erst! — (Sinnend.) Und was war denn bisher? Ein Gehen von Tag zu Tag in eintönigem Gleise, ohne Hoffen, ohne Bangen — aber auch ohne Seligkeit! — Aber jetzt — wie reich, wie überquellend reich auf einmal Alles! — So schnell — von gestern bis heute. . . . Und plötzlich losgerissen von Allem, was bisher meine Welt war! Woher die Kraft? Du fragst zu viel — es gab Dir Alles die Liebe! — Ich fasse mich selber nicht — bei dem fremden Manne — nein, nicht fremd! Alles, aber das nicht! Ein Blick, ein Wort — sie banden uns schneller, als jahrelanges Kennen! Und wie ich ihm vertraue! Woher auch das? Alles, Alles durch die Liebe! — O, ich möchte weinen, so voll Angst ist mir die Brust — und doch bin ich so unaussprechlich selig! — — Ich wollte, er wäre erst wieder hier. — (Es klopft.) Halt, da klopft es! (Jubelnd zur Thür eilend.) Da ist er, Hermann! —

Neunter Auftritt.

Die Vorige. Held tritt schnell ein.

Anna (tritt betreten zurück).

Ah — Sie sind es!

Held (erregt).

Anna, was haben Sie gethan!

Anna (gefaßt).

Was ich thun mußte!

Held (verzweifelt).

Sie wissen nicht, was Sie gethan haben!

Anna.

Auch Sie?! Sind Sie nur hergekommen, um mich zu quälen? Ich sage Ihnen gleich von vornherein, es nutzt Ihnen nichts! Ich weiß, was meine Pflicht —

Held.

O, Sie ahnen nicht, weshalb ich komme! — (Für sich.) Wäre es doch erst gesagt! — (Laut.) Anna, ich muß Ihnen etwas sagen! Hören Sie mich! — Aber wo ist er?

Anna.

Er ist zum Geschäft, kann aber jeden Augenblick wieder= kommen —

Held.

Dann ist es die höchste Zeit! In wenigen Minuten schon kann Alles entdeckt, Alles verloren sein! Sie dürfen nicht hier gefunden werden, — nicht mit hineingezogen werden — eilen Sie, kommen Sie mit mir, Anna! —

Anna (befremdet).

Weshalb? — Was geht vor? — Reden Sie, Held!

Held.

Anna, ich beschwöre Sie, gehen Sie mit mir! Wenn wir fort sind, sollen Sie Alles erfahren.

Anna.

Ich begreife Sie nicht. Ich bleibe hier! Hier ist mein Platz, den ich nicht verlasse, bis Hermann kommt!

Held.

Nun denn, Sie wollen nicht anders! — Hören Sie, Anna. Der Mann, dem Sie in wahnsinniger Verblendung hierher gefolgt sind, ist ein Betrüger, der im Geschäft eine Summe unterschlagen hat! Soeben ist Alles entdeckt worden —

Anna (schreit auf).

Das ist nicht wahr! Sie lügen!

Held.

Anna, mäßigen Sie sich! Sie wissen nicht, was Sie sagen! Ich komme aus dem Geschäft hergeeilt, wo ich mit Edler sprach. Alles ist entdeckt. Aber Sie sollen nicht mit hineingezogen werden, noch ist es Zeit.

Anna (hat ihn starr angesehen, mit sich ringend).

Held (flehend).

Anna, stehen Sie nicht so da, gehen Sie mit mir!

Anna (lacht jäh auf).

Ah, also das ist es! Mit Ihnen soll ich gehen? — Nun ist mir Alles klar! Gehen Sie, Held, das war schlecht gespielt.

Held.

Anna! Was meinen Sie! Wollen Sie nicht hören?!

Anna (heftig).

Treiben Sie das Spiel nicht zu weit, Held! — Glauben Sie denn wirklich, ich durchschaute die Komödie nicht? (Start.) Zu sich locken wollen Sie mich um jeden Preis! Mich aus seinen Armen reißen! Und dazu ist Ihnen jedes Mittel gut genug! — Aber die Liebe wäre gar klein und verächtlich, die sich durch den Ersten, Besten ihren Glauben ausrotten ließe an den, den sie liebt! — Nein, mein Freund, das war nicht —

Held (unterbricht sie; bleich).

Das geht zu weit! Ja, Sie sind wahnsinnig, Ihre Mutter, von der ich komme, hatte Recht! Sie wollen Ihr Verderben! Ihr Auge ist so umnebelt, daß Sie nichts anderes sehen, als Ihr Wahngebilde. So müssen Sie denn gehen. Aber man sollte Sie zwingen!

Anna (lacht kurz auf).

Zwingen Sie mich doch! Dazu sind Sie nicht der Mann! — Gehen Sie, bitte, hier ist Ihre Rolle ausgespielt, bei mir hatten Sie keinen Erfolg! — Also das ist Ihre Liebe, von der Sie gestern Abend mir sprachen? Nein, sie ist zu klein für mich!

Held.

Ja, ich gehe. Ich kann Ihnen nicht einmal zürnen! Aber schon in wenigen Stunden werden Sie klar, furchtbar klar sehen. Jetzt lasse ich Sie allein mit Ihrem Schicksal, möge es Ihnen gnädig sein! (Will ab.)

Anna (geht ihm nach und legt die Hand auf seinen Arm, sehr stark).

Halt, noch ein Wort! — Und wenn es denn nun wirklich so wäre — glaubt Ihr denn, ich könnte anders, als mit ihm auch die Schmach tragen, als mit ihm untergehen? — — Geht — Ihr mit Euren kleinen Gefühlen, Eurem ängstlichen Thun und Lassen — was wißt denn Ihr von solcher Liebe! — Ihr habt vielleicht davon gehört und nennt sie Wahnsinn! Aber oft ist Wahnsinn das Licht und all' Euer ruhig=geregeltes Denken ist Nacht! Geht, Ihr versteht mich nicht, so wenig, wie ich Euch verstehe! — Und nun hören Sie noch einmal, und sagen Sie es den Andern: Mein Platz ist hier! — Aber ich glaube Ihnen nicht, denn ich glaube an ihn! — —

Held (erschrocken, mehr für sich).

Das ist das Kind nicht mehr, das ich vor Jahren auf meinen Armen gehalten! — Zum Weibe geworden — und mir fremd — über Nacht! — (Er will noch zu ihr sprechen, schweigt aber und geht zögernd ab.)

Zehnter Auftritt.

Anna (allein).

Du haſt Recht, ich verſtand Dich wohl! — Nein, ich bin das Kind nicht mehr. Eine Andere geworden — über Nacht! (Pauſe; dann leiſer.) Ich weiß nicht, was mich auf einmal bedrückt, dieſe dumpfe Angſt — hier, hier... Als ſollte etwas kommen, etwas Schreckliches! — Nein, ich will nicht daran glauben, ſollte eine elende Verläumbung ſoviel Macht haben? — — Aber Held! Ich hörte aus ſeinem Munde noch nie ein unwahres Wort — nein, es muß ein Verſehen ſein, es iſt garnicht anders möglich — ſei luſtig, damit Du ihm ein frohes Geſicht zeigen kannſt, wenn er kommt (ſie lächelt). — (Dann angſtvoll.) Und wenn es nun doch wäre, wenn es nun doch wäre! — — (Sie geht ruhlos ſchnell auf und ab.)

Elfter Auftritt.

Die Vorige. Winter ſtürzt herein, mit wirrem Haar, bleich und erhitzt.

Winter (die Hände vor's Geſicht ſchlagend, verzweifelt).

Alles! — Alles verloren! —

Anna (entſetzt, tritt auf ihn zu, in höchſter Angſt).

Was iſt verloren?

Winter (wie oben).

Anna! — Du! — Wärſt Du mir nie gefolgt!

Anna.

So iſt es doch wahr? — Hermann, ſag' nein! Ich flehe Dich an, ſag' nein! Sag', daß ſie Alle lügen!

Winter.

So weißt Du es schon! — Nein, Anna, man hat Dir recht berichtet! — —

Anna (legt die Hand auf's Herz).

Ah! — — — (Sie schwankt, geht langsam zur rechten Seite und sinkt lautlos nieder, die Stirn gegen einen Stuhl gelehnt und denselben mit den Händen umklammernd; sie wendet während des Folgenden Winter den Rücken zu.)

Winter (vorn, an der rechten Seite am Tische).

Mit mir gezogen habe ich Dich in mein Verderben! Was soll ich nun beginnen, um Dich zu retten?! Gleich können sie kommen, um mich von Dir fortzureißen! — Nein, nein, das darf nicht geschehen! Nein, ich ertrage es nicht! — (Er stöhnt auf.) Ich bin ein Elender, sie mit mir gerissen zu haben — — ah, ah! — — (Dann plötzlich.) Halt, hier! — hier! (Er zieht das Fläschchen aus der Tasche.) Ist das nicht, was ich dem Andern entriß? Ja, es ist das Einzige, was ich thun darf, muß — — dann ist sie von mir befreit; wird heimkehren, mich vergessen! — (Er blickt auf Anna, die reglos abgewandt am Stuhle kniet.) Sie sieht mich nicht! — Schnell! — (Er nimmt ein Glas vom Tisch, schüttet den Inhalt der Flasche hinein und führt es zum Munde. Da in demselben Augenblicke richtet

Anna

sich auf, sieht mit irren Blicken, wie aus einem Traume erwachend, um sich, sieht ihn und stürzt auf ihn zu, ihm das Glas aus den Händen schlagend, daß es am Boden zersplittert. Aufschreiend.)

Hermann! — (Sie stehen sich gegenüber, dann birgt er aufschluchzend seine Stirn an ihrer Brust.)

Winter.

Anna! — Anna! Was war das!

Anna (löst langsam seine Arme von ihrem Halse, ganz leise.)

Laß mich allein, Hermann! — Ich bitte Dich darum! — Ich — ich kann nicht mehr — — ertragen! Willst Du mich nicht tödten, so geh! Bitte — nur einen Augenblick — Ruhe! — Nur einen Augenblick! (Sie steht erschöpft, mit geschlossenen Augen da.)

Winter.

Anna, ich bitte Dich nicht um Verzeihung! — Aber ich
gehe, ja, ich gehe noch einmal zu Edler; ich will ihm Alles
sagen! Ich war sinnlos eben — Du, Du hast mich gerettet,
dem Leben wiedergegeben! (Feierlich.) Und ewig will ich es Dir
danken! — (Er tritt zu ihr.) Ich bin bald wieder bei Dir, Anna!
Blick' nicht so starr! Sprich ein Wort! —

Anna (wie im Traum, schüttelt leise den Kopf).

Geh, ich bitte Dich darum! —

Winter
(geht zögernd zur Thür, blickt sie angstvoll an, will wieder umkehren, reißt sich aber
los und geht schnell ab).

Zwölfter Auftritt.

Anna
(allein; steht noch eine Weile regungslos da. Dann thut sie jäh einen Schritt vor,
streckt die Hände von sich und lacht gellend auf).

Hahaha — ja, Alles, Alles verloren! — Unwiederbring=
lich — mit einem Schlage! — (Stürmisch.) Und wäre meine
Kraft unversiegbar und mein Wille eisern — nie, nie wieder!
— (Leiser.) Ich hab' es gefühlt — hier — da starb etwas!
O, so schmählich getäuscht zu werden, von Dem, Dem ich
Alles gab! — (Zornig.) Gieb mir wieder, was ich Dir gab:
meine Seele, mein Herz, mein Vertrauen! — (Ruhiger.) Ja,
wohl ist dunkel, was hinter mir liegt, all' die langen Jahre.
Und wohl war er schön, der Blitz, der die Nacht erhellte.
Aber er traf mich — hier! Und was vor mir liegt, ist
Nacht, so undurchdringlich, daß kein Licht stark genug ist, um
sie zu erhellen. . . . Was stehst Du noch hier und athmest?
Willst Du noch leben? Wozu? Warum? — Weiterleben!
Nein, das nicht, das nicht! Dazu fehlt mir die Kraft. Und

es wäre nutzlos! — (Sie tritt an den Tisch und nimmt das Fläschchen in die Hand; ganz ruhig.) Da ist es besser — zu sterben. Es ist noch genug, um mich — zu retten! (Sie gießt den Rest in ein anderes Glas und nimmt dieses in die Hand.) Hier, hier! — (Kleine Pause; dann dumpf.) Liebe! — Kann Liebe Sünde sein? — Nein, keine Sünde. Sie ist ein Geschick, das nur zwei Wege hat. Der eine führt hinauf zu den sonnigen Höhen des Lebens, und man wandelt sicher auf ihm, kein Stein hemmt den Fuß — — und der andere — er führt hinab, Stufe um Stufe, und tiefer und tiefer! Weh' dem, der ihn geht, der ihn gehen muß! Mag er sich sträuben, es zieht ihn hinab — tiefer und tiefer — zum Schmerz — zum Tod! (Sie trinkt schnell und stellt dann das Glas auf den Tisch zurück. Dann steht sie ruhig, wie etwas erwartend.) Das war der Tod? War es nicht ein stärkender Trank, so braust und wogt es durch meine Adern? — Nein, es ist bald zu Ende. Er kommt. . . . (Plötzlich, wie erwachend.) Aber ich möchte ihn noch einmal sehen, möchte wenigstens in seinen Armen sterben! — Nicht hier, nicht so allein! — (Sie schwankt zur Thür, rufend.) Hermann! — Hermann! —

Dreizehnter Auftritt.

Die Vorige. Mathilde und Held treten schnell ein.

Anna.

Ihr seid es!

Mathilde.

Anna! Du weißt Alles! — Mein armes Kind, nun kehrst Du heim zu mir, und Alles wird wieder gut.

Anna (schmerzlich-leise).

Heim?! — Ja, heim! . . . .

Held.

Anna, mein Gott, Sie sind so bleich —

Anna.

Nichts. — Mein Freund, mein alter, lieber Freund, können Sie mir verzeihen, ich that Ihnen bitteres Unrecht!

Held.

Anna, sprechen Sie nicht so!

Mathilde.

O, wäreſt Du mir gefolgt, Anna! Ich wußte, daß es so kommen mußte!

Anna (ſtärker).

Halt, Mutter! Nein, nicht das war meine Schuld, daß ich Dich ließ — und Alles, ich würde heute noch handeln, wie geſtern! Aber meine Schuld war mein Zweifel an ihm — und die, die büße ich nun — mit dem Tode!

Mathilde (fährt entſetzt auf).

Held (ſchreit auf, am Tiſche, indem er das Glas ſieht).

Was iſt das hier?! — Mein Gott, Anna!

Vierzehnter Auftritt.

Die Vorigen. Winter eilt herein.

Winter (freudig).

Anna, Alles iſt wieder gut; Edler — (er erblickt ſie und fährt zurück). Was iſt das?

Mathilde.

Das iſt Ihr Werk, Winter!

Anna (droht zuſammenzuſinken).

Du biſt da, Hermann! Das iſt gut!

Winter (entsetzt).

Was hast Du gethan, Anna! Anna — nein, es ist nicht möglich!

Anna (schwach).

Komm' her zu mir, Hermann! Sei stark! Laß mich noch einmal Deine Hand fassen! — Ich klage ja nicht, ich war doch einmal glücklich, einen einzigen Tag nur, wenige, kurze Stunden! Aber wie reich, wie reich waren sie! — (Fährt auf.) Aber muß es denn wirklich sein?! — Ach, ich habe ja noch gar nicht gelebt! . . . (Wild.) Küsse mich, Hermann, denn ich muß sterben! Ich fühle es! Küsse mich) —— (Winter hält sie in seinen Armen und küßt sie leidenschaftlich.) Noch einmal! — (Sie versucht, sich aus seinen Armen zu erheben.) Nein, küsse mich nicht, Du könntest Gift von meinen Lippen nehmen, — und Du sollst leben, mein Geliebter, und glücklich werden! — (Ruhiger.) Und nun leb' wohl, Hermann — es naht — Du hast mich so unendlich glücklich gemacht — hab' — Dank — dafür!

Winter (in wildester Verzweiflung).

Nein, das nicht! Das nicht! — —

Anna (sinkt langsam zu Boden, sterbend).

Werde glücklich, Hermann — leb' — — wohl! — —
(Sie stirbt.)

Winter (wirft sich aufschreiend neben der Todten nieder).

Anna — Anna — geh' nicht von mir! — —

Mathilde und Held
(stehen abgewandt, erschüttert und stumm, dieser lehnt seine Stirn an die Wand und stöhnt schmerzlich auf).

(Der Vorhang fällt.)

Ende.

www.ingramcontent.com/pod-product-compliance
Lightning Source LLC
Chambersburg PA
CBHW022154020726
47496CB00008B/2701